胎動短歌

胎動短歌

Collective vol.4

目次

Yearn 4 Years

伊波真人

受け取った新歓ビラの厚みだけ選びきれない未来があった

カフェバイト受からなかった友だちとパネルを運ぶイベントホール

日雇いのバイトで稼いだ給料をその日の夜に使い果たして

慶應へ行ったあいつも落ちていた運転免許の学科試験を
古書店の棚で見つけた『百年の孤独』はいまも未読のままで
銀行に入社を決めた友だちの最後の炎のような金髪
卒業の迫る大学のキャンパスは夏の終わりの浜辺のようで
校門のそばの食堂の座席は昨日もそこにいた気にさせる

宣誓あのね

岡野大嗣

写真に　と思って人がはけるまで待ったみたいな歌　もういいや

角部屋の利点が薄い角部屋に再配達で朝日が届く

犯行のシーンがシルエットで動く　ワイプの顔がひきつっていく

ひとつずつ打って^_^を出す　ひとつずつ打った^_^だから伝わる怒り

生きる価値がないのは後者ですの音（ね）が聞こえる秋の夜のルノアール

たぶん倒れてる　係の人を呼ぶ　おしゃれな頭から血が出てる

社会人がちいかわみたいにはしゃいでる脇をすり抜けたら会えました

全部同じ広告だって気づくころ車窓が郊外へ差し掛かる

木犀カメラ

荻原裕幸

ほんものの紫を見に行きませんか九月の夕陽のすこし外まで

朝はいつも可能性であり限界であるつゆくさがしづかに語る

谿の秋とわたしの秋が錯綜し窓をあければニョロニョロがゐる

九月の空から何が降つたら怖いかと問はれ慌てて天むすと言ふ

金木犀のかをりが写るカメラだといふ五万五千円だといふ迷ふ

河村たかしは不様な名古屋弁だけどかの人より尊い政治家だ

青が足りても足りてなくても秋空と呼ばれて日本どこまで濁る

母の乗る車椅子から見えてゐてわたしには見えてゐない十月

オール・ザ・シングス・シー・セッド

尾崎世界観

タトゥー＝ドタキャン世代の俺　ミッシェルでも埋まらない穴彫る君

親にもらった大事な体だろって言える心をくれてありがと良心

一点は仕方ないよと切り替えるゴールキーパーっぽい心で

それであの次の予約も取りました歯医者みたいあの彫師マジ

そのままの体で帰宅して「まさかのドタキャン」と世界の終わりみたいな顔で君は

だって一番強い人は逆に入ってない　じゃあ「逆に」が入ってるってこと

グチャグチャのャのスピードで抱きついてイチャイチャしたいていうかしてる

ほら空にも入ってるじゃん一瞬で消えるけど黒い服を着ればもう夜

一一一一

カニエ・ナハ

空耳がコスモスをかすかに揺らして（うまれたかったな。）（生まれたかったね——

むかしみらい　じかんてふものを刻むてふ　とけいてふものがあつたさうです　しつてる？

コピー（コピ（ジェミ（ジェミニ（ムーン（ランデブー（ミッション（微小隕石コレ・・ド（ーライ？

ジャコビニ・ツィナー彗星を探して。きみは旅に出て。ぼくは林檎を煮て待ってます

わたしが隔離されている。ガラス越し。子供らの善良な子供のような声が聞こえる

後生です超新星爆発ニュートリノ御願い新生スーパーカミオカンデ。どうか、どうか、どうか、どうか

なんなら野々市市とかなんかそのあたりでもう一度。もう一度から、始めてみようよ

怖いよね　恐ろしいよね　それじゃまた、次回。さよなら　さよなら　さよなら　さよなら

一一一一

『世界はまだそうなっていない』

金田冬一／おばけ

そうなっていない世界で生き急ぐ間に合うよって言い合いながら

午前二時みなとみらいの空は沼ネオンの照らす星のない国

俳優が足りなかったねとびきりの台本だけを照らすピンスポ

オルターエゴオルターリアル本当は僕も世界も存在しない

「ただしさ」と「らしさ」を研いで喉元で交差させては続く争い

二年前死んだ女が言っていたセックスだけが人生だって

愛だけを信じてるんだ愛という言葉をずっと疑いながら

まあいいよ、とりあえず金借りたから、全部あげるから、愛してるから

デイジー・アット・ナイト

上篠翔

見える都市、見えない暗渠、そのようにわたしは憎むことを続けた

花喰鳥　あなたの弱さに付きあえるうちは炎の色の茱萸の実

花はもうこの世界には降らなくてVANSの白は土へ近づく

少しずつ雛菊雛菊（デイジーデイジー）崩れてく叫ばないなら祈りではない

ママがママのママに死んで。といったのはたった一度の宵口でした

花瓦斯のようにあるいは聖域のように死にたい人を殴った

口をあけてねむるいまでもねむってる病院に病院の匂いで

9の字に机を並べて呼びよせる天使に溺れた水死人らを

『望遠鏡』

狐火

コーンスープの缶の底には一粒の「あったらいいな」が詰まって見えた

さっきまであそこにあった総菜が一足早く店を出ていく

エアコンの適正温度さだまらず行ったり来たりに依存した夏

満月は皆が見上げた翌日に消費されて欠けていく様

米を研ぎ包丁も研ぎ湯を沸かす腹より満たす夜明けのまな板

割り箸をうまく割れたらそれだけで喜んでいたアルバムの僕

厄年が過ぎるのを待つ1年は例年よりも良く笑い泣く

缶の底一粒のコーン覗き込む「なくてもいいか」と顔を上げる

シームレスパンチ

木下龍也

シトラスの香りのボディペーパーで拭かれたきみのうなじが苦い

ぼくは虎　肉をくれるな名付けるな撫でるな抱くな野性がゆがむ

お辞儀するシャワーヘッドにお辞儀して泡を出口へ導いている

ウルトラの母と交わる想像の手助けとなる秋刀魚の刺身

てのひらをひとりでつねりながらゆく一直線の白い廊下を

妊娠をするとぼくでもパソコンを腹に乗せなくなるのだろうな

Yogibo に顔面を押し当てて泣く（おそらく父としての産声）

ひとりでも運べる椅子をさんにんで運ぶタイプの家族になろう

ハッピーエンド

小坂井大輔

ＦＸで失くした百万円でするあれこれ頭のなかで踊って

爪切りがいつもの場所に置いてないときにリロードされる脳みそ

自分らしさに自分で気づく間違いをアドレナリンを出して消し去る

感情論で話せばみんなに嫌われるけれど狙ってやったんだから勝ちだよ

調子こきながらフラフープを首で回して近づくからね逃げてね

命ってアカウントだけ残っててしかも見る専なので健やか

最低の人でもたどり着くことができるハッピーエンドって島

モザイクがゆっくり解けてきて石田社長とわかる夢グループの

願いごと

GOMESS

手、足、胴、五体満足、良い天気、僕は明日死ぬ、末期患者

昨晩は夢で逢ったと嘘をつく、叶わぬ夢を間違う為に

海に見た、空と違わぬ深い青、水面光るは星、底に石

右回り、時計の針先に置く磁石、遡る未来を信じて

君想う日々の数だけ鶴を折り、窓を開けたら風に舞う恋

祭壇に飾りし勿忘草、眺めて泣いた、忘れられるまで

図書室で見つけた絵本の挿絵に、言葉は見ずして色葉を差す

御伽話を信じてる君は未だ気づいてない、いつかそれさえも

GonG

向坂くじら

暗いほうからは明るいほうがよく見え
だから
雨戸を閉めにゆく

掃除機も冷蔵庫も電子レンジも
まぶたを持っていない

長い夜

蟹に似て
いて蟹でない
蟹もいて
わたくしに似て
いる人もいる

　　にちゅう
いしてください。

看板の字が消えて
いて一度うなずく

爪きりのなかに
溜まったのも爪で
指に
残ったのも爪である

午後五時
を報せる
町の放送
のどの日
の始まり
の音もG

青あざが
窓に貼りついたヤモリに似てきて
そうか　ここが内がわ

望まれているインターフォンなどない
居間にいてやっとそれが分かる

火事と葡萄（下）

鈴木晴香

ベランダで火事を見ていた　夏になるたびに燃えるのならこれが夏

夜の火が水晶体に燃え移りあなたを見ても燃えているのだ

終わってもしばらく火事の夜である部屋に灯りを点したりして

火は砂で消えると言った　その砂を誰が盗んできたというのか

クーラーをときどきつける真夜中の祈るとはこんなふうにときどき

よく見れば葡萄は硝子でできていてどの粒も火の中で生まれた

エレベーター止まるときゆっくりになる躊躇(ためら)っているんだろう？　もちろん

ベランダであなたが腕を振っている、こうやって火は見られていたの

夏からの帰還

高橋久美子

汗ばんだ腕より飛びたつ蚊は静かに向かう彼岸の献血車

キャミソールの値引きシール順にはがす君は魂みつけるように

風呂桶の底から響くドンデンドン祭の前に帰るねそっと

琴平バスで隣だった人を羽田でも見つけて黙っている

あんな瞳になるもんかと思っていた特急電車は今日も満月

ぱんぱんのリュックおろして冷蔵庫開ければこっちも夏畑かよ

今どこおる？　ミスチルのポスターの前。うん探すわ探す気になるわ

弾けなかったポップコーンがたまっていく夜から手を伸ばす

シルヴィア聞いてよ

竹田ドッグイヤー

誰もいないこの部屋で人を待つのはつらくはないか慣れたものか

まだ誰も人の目でしかこの店を見たことないから犬猫鳥も

秋だけに脂のってる魚じゃないんだ　いつだって読んでおくれよ

週刊誌ああ終刊誌終完誌いっそお前は終刊死だな

フランツフォードルアントンウィリアムヨハンアルベールジェローム

夢にまでみた本屋をはじめ生き残るために椅子で夢みる

めんどくさいからやってるわけでやめんどくさいからくるんでしょ

読み終えてドッグイヤーが騒ぎだすインクのシミも飛び出してきて

『植物化計画』

tanaka azusa

宛先は無記名のまま恋文という名の付く救難信号（今となればわかる）

助けたいと言う唇が柔らかく無責任って言わないでおく

電話越し透き通りつつ死ににいく君の命はいつも不時着

海、それは形なく皆辞世読む場所として
今、躊躇なく在る

明け方の遊歩道にて躑躅吸い「おかあさァん」って殺人鬼が泣く

靴跡で透けつつもまだ息がある花を剥がして手相に焼べる

引き留める口実だった紙煙草、蜃気楼と化すタール1mm

寂しさを放棄したまま手を繋ぎほの青い嘘まだ光るので

繚乱

千種創一

（本作は、令和元年にスイスにて行われた、亡命中の某国活動家への対面取材に基づいて制作された。同人の安全確保のため、一部に改変が加えられている。）

本日はお時間を頂き、ありがとうございます。

伝へねば、否、伝はるやうな苦痛であつてたまるかの花、渡さねば

あの●●刑務所にいらっしゃったと。生き延びたのは奇跡ですね。

昼　連れていかれるときのまつくらな視野にあねもねの乱れ咲き

殴られたやうに感じた、最初は。私の指が床に落ちてた

拷問室の壁には鈍い血の跡のあれが花なら枯れた花びら

死体へ放尿させられた、泣きながら、すまない、ハサン、ごめん、アフマド

胃の底を細い荊棘（いばら）が這ひ出して、離さない、話せない、この先

祖国での革命が成功したら、大統領の一派をどうしますか。

私なら奴らを屠（ほふ）る。君たちはなぜゲンバクを許せましたか

夏の客、帰つていつたテーブルに水滴の銀環を残して

並べ替え問題　あるいは、秋のローファー

千葉聡

教室を飛び出した君、隅っこの欠けた机と俺を締め出して

こんな問い「正しく並べ替えなさい」世界を狭くするのは、たとえば

ずっと先、廊下の、君は駆けていく、陽射しいっぱいの、追いつけない、もう

うしなった友を呼び、呼び続ける君　体育館前の頼りない階段

俺なんて役に立たない　教師として、それより一人の人間としても

君の横で話を聞けばローファーをからかい始める秋の陽射しは

それが何か救ってくれる訳じゃない　でも君に渡す『フラニーとゾーイ』

リュック一つ正しく背負（しょ）えば正しいぶん猫背が直った気がして帰る

いた方がいい推しでありたい

寺嶋由芙

花の名を人より多く知っててもきれいに咲けるとは限らんね

できるだけ好かれたいけどだからって好きじゃない自分にはなれなくて

怒ってる、怒ってる、お金稼いでる、また怒ってる、（旧Twitter）

構内でぶつかる以外に人肌と触れ合うことなき人生がある

励ましになれない日でもいないよりいた方がいい推しでありたい

不粋だと飲み込んできた正論が変えたかもしれぬ明日への負い目

「ステージに立つしかできない」そんなわけないから私は投票へ行く

東京はずっと明るい東京でずっと明るく生きていきたい

チェーン・スモーキング

toron*

火をつけてすぐに消す指　その癖のたび立ち上がる架空の秋は

端境期　待つだけだった指さきを組めばあかるい風紋のよう

うつし世は何処まで灰皿なんだろうあなたがそこに拵える堰

訊かないで欲しいことから話すとき言葉は煙の類縁だった

体温は互いの堤防だからまだ壊れられずにそういう夜だ

蛇行して夢の話をしていたい自分で下げてゆく解像度

どうせ、って云うのも癖になってるな。濾過するためのメビウスライト

灯台のふりをしているもう少し寄りかかられて浴びたい月日

台北車站　―小佐野彈に寄せて―

野口あや子

原色の鮮やかなれるその車に乗り込むサンルート台北前を

大抵のことは知っている悲しみを知ることはなく右に座って

路駐なら金で済むから　金で済むことは軽くも寒く光って

どこまでも速さの人だ喉仏せり上げ君は基隆までを

基隆の夜市で君が買ってくれたゼリーに黙すようなタピオカ

潰しがきく必要のないその身体にひらりと履かれた薄いサンダル

会うことに少しの理由が要るような忙しさ　湿った夏の夜風に

伝えるべきことのわずかに貧しければ君の言葉を促しにけり

ぽ／わ

初谷むい

ぐっときて、それでも泣かなかったのは　ばら科の思い出　夏　秋

悪魔のしっぽもうれしいと揺れるのかな　九月をテクテクと歩いてた

てれくさそうに雨が止んだらふしぎそうに月が出てきた　いまどこにいる？

みそ汁はぐちゃぐちゃなほどおいしいよ百年たってもぐちゃぐちゃしよう

天使のわっかを隠して生きているみたい　ねこじゃらし嗅いで、わらった

パンダ柄パジャマしわくちゃねておきて最初に言うことばを決めていた

地球くらい、というのは大きな冗談で大きなレジャーシートを持って

ソフトクリームが落ちるのがわかって、目が合う　あなたはすてきな映画

うたげ

東直子

デパートメントの屋上にいる心地してその淋しさを終わらせている

パンダに生まれて希有な生涯おくることひととおりおもう水辺の朝に

頑丈なつり橋に立ちおまえたちひとりひとりに祝辞を述べる

ジーニアス、ジーニアスラブ、ジーニアス瞳のような滝つぼがいいね

マイクロチップ埋めたてのひらかざしたらあなたがわかる芯までわかる？

麗しい首筋みせる乙女たち束で眠らしめる花園よ

コードレス人間となり泣く赤子とおくとおく熾火は地下に燃えております

持ち札は皆同じ数かさなった顔がひらいてまばたきをする

嫌だ

ひつじのあゆみ

ポケットに銃を入れてて目が合うと普通に撃ってくるカンガルー

偏差値が低い私立の赤本を「パズル」の棚に置いてる本屋

アニソンを10分以上弾いてると全部ドになるグランドピアノ

熟睡が犯罪なのでいつ来ても皆うっすら疲れてる国

数式の書かれた壁をよく見ると円周率が3のガリレオ

宣誓で「智辯に勝てる気はしないですが」とか言う高校球児

⑱の粉まであって作るのに市の許可がいるねるねるねるね

立ち合いで小さな蝶に変化して今も行方が知れない力士

愛

平川綾真智

化膿した生皮パジャマへと着替え臓物の私に添い寝する
。すする臍の緒ヌードルを噛み（つつ頭骨団地に帰りなさい
哺乳類エレベーター（に編み縫う（錠剤シートに生えた手足だ　っ

くべていく幼馴染で炊きあげた（
、おとうと粥
のクルトン前歯（、

っ
安置所を繋げコンセントにした「人、は見た目で判断しなさい」
。にぶい顔面かき氷（だらけで人体発火シロップみどろ（で

釜炊き、で膨れた生徒たち（を
、三角おにぎり
に結び腐らす（、
胴無し頭の街路灯に浮くジュラ紀は裸眼で毟られたのに

キツネ目の薔薇

広瀬大志

キツネ目の女がくれるガソリンを積み忘れては轍にはまる

運命を召しいることが反復と薔薇のイシューはそこはかとなく散る

月光の彫り方をおしえたあとで薔薇は無邪気に死を明け渡す

スロッビング・グリッスルのような夜おまえはおれに呪いをかける

つま先で踊ったことのない薔薇に嘘の記憶を持たせて踊れ

洗車場閉鎖の縄をくぐり抜け集まる影のなまめかしさよ

けしかける小僧のしゃがむ路上には猫背の影が寂しくたまる

「ほっとくとひどいことばかりなのよ」「人生は積み残すことだから」

幸福

文月悠光

神々の休暇がここにあるようなベゼルダイヤの時計を巻いて
資産価値なしと笑われしクォーツの狂いのなさを愛したいのだ
向き合えばあなたには笑っていないTスマイルのブレスレットを

マザーオブパール　わたしが全身で母を探した夜の深さへ

円安の嘆きの中を燦然とSWAROVSKIの白鳥がゆく

とりそばの黄金スープに浮かんでるねぎを集めるねぎ好きなので

イエローもピンクもローズもゴールドに生まれ変われて幸福だった

ステージの光を目指す　神々に引き寄せられるたましいの群れ

アパートでコーヒー

フラワーしげる

北島さんに電車代借りてる　北島さん死んじゃって返せない

いまおれに着られてるTシャツ　トマトソース飛びちって　Tシャツどんな気持ちかな

はじめてカメラを持った人みたいに　酸素の多発地帯だ　ここ

国会議員と三十七人の子供がつなひきをした　海辺でしました

なにかの一部だったんだろう　ぼくもそうだったよ　アパートでコーヒー

トングでも本願寺でもないさっき人間が言ってたのは音楽

青いの？　ポケットが壊れたからもうつきあう意味がないんだ

カシミアのマフラーみたいにつづくすきまから見える　十中八九　海

ひとめぐり

堀田季何

虫の音を時雨にたとへし民族の痩せほそりたりげに細うなる

待つよりも待たすることの多くなりそれはやさしき耳鐘きこゆ

血管をあてなく巡る一塊といつかは出逢ふさびしき脳は

希死念慮湧きおこるたび母ひとり火宅にのこり住むを想ひき

五寸釘美しく打つ婆がゐてけふも己を罰すると言ふ

社会人入学、要はつけ汁にスープ割ぶち込んで飲み干す

赤と黒いづれにせむか悩みぬき両がけしたりこの世の七味

蛇崩の細きほとりを歩きゆきしろたへの雪、雪のしろたへ

ガチャポン

穂村弘

『銀河鉄道の夜』のガチャポン回したら誰かわからぬ少年が出る

台風の夜にはポテトチップスを食べてもいいという遠い約束

眩しくて思い出せない夜がある　メリーゴーランドの反対語

学食に飾られていたカピカピの見本を貰って食べた先輩

患者からいちばん怖れられている歯科衛生士と街ですれちがう

折り紙の手裏剣しゅしゅしゅさみしくて夜の畳に散らばっていた

団地妻という言葉が甦る雨の団地を横切る夜に

ガチャポンの機械の中で半世紀ねむりつづけるカプセルの夢

笑っただけだ

枡野浩一

※『毎日のように手紙は来るけれどあなた以外の人からである　枡野浩一全短歌集』（左右社）以降の日記タイトル短歌を八首

こんにちは青春の影　童貞は男がいちばん幸せな時期　（2023年6月14日）

絶交の記憶を大切にしてる　してない人が多いと思う　（2023年7月23日）

僕だけがスリッパだった　そのことに気づいたときは手遅れだった　（2023年9月8日）

わからない欲望を持つ人ばかり　笑った笑った笑っただけだ　（2023年9月18日）

だったけど悔いがないのは何回も気が済むくらい稽古したから　（2023年10月3日）

急逝は迷惑だからできるだけ死なないように生きてください　（2023年10月8日）

富士そばで始発帰りの朝食をまた食べている五十五歳だ　（2023年10月13日）

歌ってた　歌い続けた　歌いたい歌ではなくて歌える歌を　（2023年10月25日）

天身嵐満

宮内元子

右左頭上足元背後にもご注意ください　こちら殺る気満々

むしってもむしってもまだ咲くならば土ごと燃やしてやろうか

一旦停止　左右確認　よしいけるもいちど確認　からの飛び蹴り

散り際の美しさとかどうでもいい私が砕け散る時を教えて

嘘は甘い本当は苦くて明日は寒い揺れる花だけ眺めていたい

配られた会議資料に点を打ち漕ぎ出す海の星空つくる

痛みなく棘が刺さった中指は曲げられないのでごめんあそばせ

怖いのはオマエではない　私自身この身の内に湧き立つ狂気

破片

宮崎智之

二人まで追いつく痛みのその前に言葉と行為の輪郭を跳べ

絶望は下降していく美意識の一致した場所よりも深部へ

繰り返し距離と速度を記録して詩句を正しく君に震わす

低空のちぎれた雲が反射するビルの煉瓦と同じ色して

何もかもが起こっている一日と死ぬまで続くごっこ遊びと

中央分離帯に転がる抜け殻が恨みを晴らしうつ伏せになる

終止符を打てないでいる空き缶と電子タバコが夜をつなげる

明日から僕の身体（からだ）が失効し都会の川の水かさが増す

アボカド・ムーン

村田活彦

テーブルにアボカドひとつ　結論を出さないためにしゃべりつづけた

「屋上にあがってくる」とドアを出た子を照らす月　あとは頼んだ

父親じゃなくてもいいか　屋根のした一緒に暮らす大人でいいか

阿佐ヶ谷のスターロードに星はない　ライブバーにてひとりを燻す

勝つことが強さであれば強さとは弱さに依存するものなのか

「子は父の影響をもう受けているのであきらめて」とカウンセラー

蛇口から漏れる風呂場の水滴をひと晩ためて朝へと流す

古書店で待ち合わせよう　予定より長引いている人生のため

コーラの前を横切るヤツ、冒険活劇飲料サスケ。

和合亮一

ミズ色のジャージを着てるほんとうのわたしこそがわたしをわたしとわたしに

真っ赤っかのバームクーヘン切り分ける少しの狂いもない手術室

大亀が子亀に語る太西洋おもったよりも小さくて青くて波は皆無で

人生を考えるほどにあのビルは高くなる気がするし窓ガラス揺れてるし

彼もまたスパイダーマンに憧れて指の先まで魂を売った

ジャージが燃える瞬間にそんなことってあるのか炎がズボン履いてるぞ

知らないうちに知らない人になり知っている人に名を呼ばれ振り向けばシャケの一生

未来とは舗装道路に似ている味なんですかタイトジーンズの下半身だけが歩いてきた

雑念

ikoma

我が庭に温泉が出た嬉しさの如き近所にラーメン二郎

昨日なら増量できた　ぼんやりと後悔している30日

明日なら増量できた　いない明日に思い馳せる28日

今はまだ年上だからかろうじてギリ「さん」付けで呼ばれるものの

ソースどこ？とたずねられてソースない醤油派ですとレスを投稿

居酒屋のトイレにあった百均のティッシュカバーが家（うち）にもあるの

コロッケを食べてる俺を眺めてるアインシュタインによく似た犬

揚げ立ての熱々のままそれぞれの家に持ち帰られるコロッケ

【執筆者一覧】

伊波真人

歌人。群馬県高崎市生まれ。第五十九回角川短歌賞受賞。ラジオ・トークイベントへの出演、ポップスの作詞、小説の執筆なども行う。著書に、歌集『ナイトフライト』などがある。音楽と映画と写真と漫画と街歩きと川と柴犬が好き。

岡野大嗣

アライグマとエド・シーランに似ていると言われたことがあります。Noble Audio というオーディオブランドのイヤフォンが好きです。今回の連作を気に入ってくださった方は、歌集もぜひ手にとってみてくださいね。

荻原裕幸

一九六二年、名古屋市生まれ。歌人。東桜歌会主宰。同人誌「短歌ホリック」発行人。一九八七年、短歌研究新人賞。二〇〇六年、名古屋市芸術奨励賞。二〇二〇年、中日短歌大賞。歌集『青年霊歌』『あるまじろん』『リリカル・アンドロイド』『永遠よりも少し短い日常』他。

尾崎世界観

一九八四年東京都生まれ。四人組ロックバンド、クリープハイプのヴォーカル・ギター。二〇一六年、初小説『祐介』を上梓。『母影』は第一六四回芥川賞の候補作に選出された。その他、著書多数。二〇二三年四月よりNHK Eテレ「NHK短歌」の司会を務めている。

カニエ・ナハ

詩人。詩集『用意された食卓』（私家版、のちに青土社）で第二十一回中原中也賞。その他の詩集に『NN』『EN』『オーケストラ・リハーサル』等。装丁、美術、パフォーマンス、エッセイ・書評など〈詩〉を軸に幅広い活動を行っている。

おばけ／金田冬一

二〇二〇年に生まれたLOVEマシーン電波の森のNeoなゴースト @R_I_U_／金田冬一

上篠翔

玲瓏所属。粘菌歌会主催。二〇一八年、第二回石井僚一短歌賞受賞。二〇二一年、『エモーショナル きりん大全』（書肆侃侃房）刊行。インターネットをやっています。Twitter：@KamisinOkkk

狐火

一九八二年生まれの福島県出身のラッパー。日本トップクラスのアルバムリリース数（二〇二三年三月時点で二四枚）。会社出勤前にスーツ姿で参加したオーディションを勝ち抜き、SUMMER SONICへの出演を果たした経験があり。近年は映画主演、落語と多方面で活動しているが昼間は会社員。

木下龍也

一九八八年生まれ。歌人。プロボクサー。

小坂井大輔

一九八〇年、愛知県名古屋市生まれ。ギャンブラー。短歌ホリック同人。二〇一六年「スナック棺」にて第五九回短歌研究新人賞候補作。第一歌集『平和園に帰ろうよ』（書肆侃侃房）。短歌の聖地と呼ばれている中華料理「平和園」で働きながら執筆活動をしています。

GOMESS

一九九四年九月四日生まれ、静岡県出身。〝自閉症と共に生きるラッパー〟として注目を集め、多種多様な表現を繰り返し、唯一無二の存在として〝生きる言葉〟を吐き続けている。

向坂くじら

詩人。国語教室ことぱ舎代表。Gt.クマガイユウヤとのユニット「Anti-Trench」で朗読を担当。著書『夫婦間における愛の適温』（百万年書房）、詩集『とても小さな理解のための』（しろねこ社）。

鈴木晴香

一九八二年東京都生まれ。歌人。歌集『夜にあやまってくれ』（書肆侃侃房）、『心がめあて』（左右社）、『荻窪メリーゴーランド』（木下龍也との共著、太田出版）。塔短歌会編集委員。現代歌人集会理事。「火事と葡萄（上）」は本誌と同日発売の「ポエトリー左右社」ZINEに掲載。

高橋久美子

作家、作詞家、詩人。バンド活動を経てもの書きに。主な著書に小説集『ぐるり』、詩画集『今夜凶暴だからわたし』、エッセイ集『一生のお願い』など。アーティストへの歌詞提供も。東京と愛媛の二拠点生活中で愛媛ではお百姓をしている。農業チーム「チガヤ倶楽部」を主催し、野菜とともに詩や音楽を生み出す。

竹田ドッグイヤー

選書人。双子のライオン堂の店主。竹田信弥名義で、文芸誌『しししし』編集長。著書に『めんどくさい本屋』（本の種出版）、共著に『まだまだ知らない 夢の本屋ガイド』（朝日出版社）、『街灯りとしての本屋』（雷鳥社）、『読書会の教室』（晶文社）。FM渋谷のラジオ「渋谷で読書会」MC。好きな作家は、J.D.サリンジャー。

tanaka azusa

二十歳でアートチームに所属し、専門学校卒業後フリーランスで活動を開始。自身の活動を「植物化計画」と題し、植物や蝶をアートに落とし込む計画を行う。舞台作品チラシアートワーク、小説装画、壁画ペイント、CDジャケットのイラスト等の製作、二〇二二年より意欲的に短歌を始め、マルチな才能を発揮している。

千種創一

一九八八年、名古屋生まれ。歌人・詩人。二〇一五年、『砂丘律』。二〇一六年、日本歌人クラブ新人賞、日本一行詩大賞新人賞。二〇二〇年、『千夜曳獏』。二〇二一年、現代詩「ユリイカの新人」受賞。二〇二二年、『イギ』、ちくま文庫版『砂丘律』。

千葉聡

一九六八年生まれ。第四一回短歌研究新人賞受賞。歌集歌書『微熱体』『短歌は最強アイテム』、小説『90秒の別世界』、編著『はじめて出会う短歌100』など。

寺嶋由芙

早稲田大学文学部卒。二〇一三年よりソロアイドルとして活動開始。大のゆるキャラ好きをいかし、「ゆるキャラグランプリ」をはじめ全国各地のキャラクターイベントに出演。芸能界一のポムポムプリン好き（ポムバサダー）としても知られる。憧れ続けたつんく♂提供のニューシングル「大宇宙の無限愛」発売中。

toron*

大阪府豊中市出身。うたの日育ち。塔短歌会、短歌ユニットたんたん拍子、Orion所属。第一歌集『イマジナシオン』（書肆侃侃房）。

野口あや子

一九八七年岐阜生。名古屋在住。歌集に「夏にふれる」「眠れる海」など。歌集「ホスト万葉集」に俵万智、小佐野彈とともに編者として参加。ツイッターオンラインレクチャー「野口と短歌ラリー」随時開催中。

初谷むい

一九九六年生まれ、札幌市在住。第一歌集『花は泡、そこにいたって会いたいよ』(書肆侃侃房、二〇一八年)、第二歌集『わたしの嫌いな桃源郷』(書肆侃侃房、二〇二二年)。

東直子

歌人、作家。一九九六年第七回歌壇賞、二〇一六年『いとの森の家』で第三一回坪田譲治文学賞受賞。歌集『春原さんのリコーダー』『青卵』、小説『とりつくしま』、歌書『短歌の時間』『現代短歌版百人一首』、エッセー集『レモン石鹸泡立てる』&エッセー集『愛のうた』。書評など。最新刊は短編集『ひとっこひとり』。

ひつじのあゆみ

京都生まれ府内在住。二〇一四年、木下龍也の歌集に影響を受け短歌を始める。二〇一八年よりWEB上で上翔が主宰の粘菌歌会に参加。羊野歩の名義で写真家としても活動中。大喜る人たちトーナメント二〇二三決勝進出。日本語ラップとポムポムプリンを好む。Twitter:@ewe_your_you

平川綾真智

一九七九年生まれ。日本現代詩人会、『みなみのかぜ』等に所属。詩誌での活動と並行し二〇〇〇年以降のweb上の詩の潮流をリード。「シュルレアリスムと音楽」の数少ない研究者の一人。詩集に『h-moll』(思潮社)など。個展にNFT現代詩展『転調するために』(メタバース美術館)。

広瀬大志

埼玉在住。ミステリーやモダンホラー的な手法を用いて詩作を続ける。詩集に『現代詩文庫広瀬大志詩集』『魔笛』『ライフ・ダガス伝道』など。二〇二三年新詩集『毒猫』を刊行。詩誌『みなみのかぜ』『聲℃』『HOTEL』同人。

文月悠光

一九九一年生まれ。第一詩集『適切な世界の適切ならざる私』で中原中也賞、丸山豊記念現代詩賞を最年少で受賞。今年、新詩集『パラレルワールドのようなもの』で富田砕花賞を受賞。エッセイ集に『臆病な詩人、街へ出る。』、『洗礼ダイアリー』。武蔵野大学客員准教授。

フラワーしげる

歌人・バンドマン。

堀田季何

歌誌「短歌」同人、俳誌「楽園」主宰。芸術選奨文部科学大臣新人賞、日本歌人クラブ東京ブロック優良歌集賞、高志の国詩歌賞、現代俳句協会賞など。詩歌集『惑亂』、『亞剌比亞』、『星貌』、『人類の午後』、詩歌ガイドブック『俳句ミーツ短歌』。多言語多形式で創作、翻訳、批評。

穂村弘

一九六二年札幌生。九〇年、第一歌集『シンジケート』でデビュー。短歌をはじめとして、エッセイ、評論、絵本、翻訳などを手がける。著書に『ラインマーカーズ』『世界音痴』『水中翼船炎上中』『蛸足ノート』など。伊藤整文学賞、講談社エッセイ賞、若山牧水賞他を受賞。

枡野浩一

一九六八年東京うまれ。雑誌ライター、広告会社のコピーライター等を経て一九九七年、歌人デビュー。二〇二二年秋発売の『毎日のように手紙は来るけれどあなた以外の人からである　枡野浩一全短歌集』(左右社)ヒット(八刷)を機に、タイタンの学校(芸人コース)にて短歌の出てくるピン芸に挑戦中。

宮内元子

知の果てのまだその先に行きたくて植物園に住んでいる植物園屋さん。水戸市植物公園にて生息中。元渋谷区ふれあい植物センター園長。Twitter: 心の中の植物園 宮内元子 @fureai_miya

宮崎智之

一九八二年、東京都生まれ。ライター。著書に『平熱のまま、この世界に熱狂したい』（幻冬舎）、『モヤモヤの日々』（晶文社）など。「文學界」「週刊読書人」ほかに寄稿。「渋谷のラジオ」で毎週木曜の一七時から放送されている番組「BOOK READING CLUB」でパーソナリティを務める。

村田活彦

詩人。やしの実ブックス主宰。CD『詩人の誕生』発売中。出版社勤務を経て、ポエトリーリーディング（詩の朗読）活動を始める。poetry reading tokyo として国際交流も。Twitter スペース「#偏愛詩歌倶楽部」を花本武氏とともに配信中。ポエトリーリーディングの歴史を研究しています。Twitter:@katsuhikomurata

和合亮一

詩人。中原中也賞、晩翠賞、萩原朔太郎賞などを受賞。二〇一一年、東日本大震災直後の福島から Twitter で連作詩『詩の礫（つぶて）』を発表し国内外から注目を集めた。詩集「詩の礫」がフランスにて翻訳・出版され、第一回ニュンク・レビュー・ポエトリー賞を受賞（フランスからの詩集賞は日本文壇史上初）。

ikoma

イベントレーベル「胎動 LABEL」主宰。渋谷のラジオ　ポエトリーリーディング専門番組「渋谷のポエトリーラジオ」パーソナリティー。

あとがき

胎動短歌会presents「胎動短歌Collective vol.4」をお手にとっていただき、ありがとうございます。

私たち胎動LABELとは「ジャンルを越える」をテーマにしたイベントレーベルになります。

２０１７年に創刊号、そして２０２２年から新型コロナウイルス蔓延により現場でのイベントができない代わりに刊行されたvol.2、２０２３年5月刊行のvol.3、そして今号でvol.4になります。

今回も歌人の方に加えて、詩人、俳人、ミュージシャン、ラッパー、画家、アイドル、ライター、書店員、ラジオパーソナリティー、植物園の中の人（！）まで全36組が参加され、ジャンルを超えた「誌面上の短歌フェス」として各参加者から短歌連作8首をご寄稿いただきました。

前回のあとがきで参加者の皆様から寄せられた素晴らしい作品に感動するとともに、短歌というアートフォームの奥深さに感銘を受け、短歌の魅力を再確認している旨を綴りましたが、その気持ちは今号でも同じです。参加者の皆様から作品を提出していただく度、その素晴らしさにクラクラしています。

私自身の話になりますが、短歌に関わることは、実は本当にまったくの偶然であり、想像していなかったことでした。そもそも本というものを作るなんて思ったこともありません。

それが今こうして短歌の本を刊行し販売することで、それまで関わってこなかった方々や書店さまとの交流が始まり、一気に見える景色や生活が変わったと言えます。

この本のこともそうですが、短歌や歌人の方と関わることによって、自分自身もどこかブレイクスルーできた感覚があり、これもひとえに支えてくださる皆さまのおかげだと思っております。

さて、いただいたご恩に対して、今度は逆に自分に少しでも短歌に対して恩返しできることはないだろうか、と考えておりました。

そこで思いついたことが1つ。

「胎動短歌 Collecive」は、イベントオーガナイザーとして活動する私が「誌面上の短歌フェス」と銘打って刊行しております。

もし自分ができることで恩返しができることがあるとすれば、やはりイベント。それも短歌をメインにした大きなイベントを開催すること。

最終的に「短歌の野外フェス」をリアル開催することが一番の恩返しになると思いました。

今はまだ思いついただけであり、具体的な構想はこれから考えていこうと思いますが、来年、もしくは、いつか必ず開催できるよう尽力したいと思います。その際は開催に向けて、ぜひお力を貸してくださると幸いです。

さて、話は戻りますが「胎動短歌 Collective vol.4」は、あらためて素晴らしい作品が揃ったと思います。末永くお楽しみいただけますと、とても嬉しいです。

SNSなどでの感想やご意見を、#胎動短歌 をつけてお寄せいただけますと、大変励みになります。

このような試みにご協力いただきました参加者の皆様に、心より感謝申し上げます。

2023年11月1日 ikoma（胎動LABEL）

胎動短歌

胎動短歌 Collective vol.4
発行日：二〇二三年十一月十一日　初版1刷
発行元：胎動短歌会
ikoma（胎動 LABEL）
https://taidoutanka.official.ec/
Mail：ikm1006@yahoo.co.jp
Twitter：@ikoma_TAIDOU
ISBN：9784910144238
販売元：双子のライオン堂
107-0052　東京都港区赤坂 6-5-21-101
装丁・組版：竹田ドッグイヤー
印刷所：booknext